滿是空無一物

李豪

〖自序〗

假如詩人欺騙了你

0

「我到底還能寫什麼？」

1

輾轉流連，距離上一本詩集已經時隔兩年半有餘，看似漫長，著實一眨眼就過了，總覺得三十歲後的人生就如這些數個眨眼所組合，一事無成。年輕的時候還能引用電影《藍色大門》的台詞：「整個夏天都要過完了，好像什麼事情都沒有做……但是總會留下一些什麼吧？留下什麼，我們就變成什麼樣的大人。」如今，我已然是一個不怎麼樣的大人。

2

來到第六本書、第四本詩集，「還能寫什麼」的詰問時時占據心頭，語言更深邃的涵義，其實在審視自己「為什麼還要寫」？這幾年來，幾度想要嘗試專職寫作，皆以失敗告終，日常糾結於柴米油鹽醬醋茶，光是要維持收支平衡就已費盡力氣，最後仍舊一無所有。

說實在，也並非真的一無所有，初次出書前的那一時期才是徹徹底底身無長物，極其痛苦卻豁達，若是自己一無所失，那也命不足惜。然而如今的掙扎，反過來癥結在於「我有了什麼」，為了要留住這些不致失去，我儼然是水面上的鴨子，看似悠遊自在、浪蕩不羈，水面下的雙腳卻拚了命在划水。

3

剛開始踏入寫作時，讀陳又津的《新手作家求生指南》，書中提過一種「不寫作的作家」，出社會十年間確實也看過不少，僅出過一本書便封筆轉行，將書當作名片的「作家」。在此不大作褒貶，但我始終認為成為小時候所討厭的大人，即使成功也是失敗的。

五本書足夠成為一個不寫作的作家了嗎？這兩年間我彷彿失去任何重拾筆桿的欲望，只能竭力完成工作上的商業內容（那些作業泰半像吳剛伐樹，而我分身乏術）。若以功利計算，寫一本書著實吃力不討好，除非是山料——每本書都能暢銷榜上有名。要知道，投入半至一年時間完成的心血，版稅收入大概也只是寥寥幾月的薪水，而我已經三十五歲，我必須為自己的未來做更多準備。

4

有一陣子和朋友聊到，我在這個階段似乎已然沒有太多求偶焦慮，也認清了自己的平凡，不再自討苦吃。然而焦慮沒有消失，只是變成另一種討厭的樣子，我可以接受孤老終生，但恐懼於下半輩子要怎麼活這件事。

「人生七十才開始」這句廣告詞之所以有趣，是因為事實上七十歲已距離結束不遠。三十五歲走到生命的一半，我似乎還沒有找到安身立命的道路，無論是曾經的戀人，還是求學時落後的同儕，他們似乎都已走上真理，而我就僅是一隻一直追著自己尾巴的狗。

每次被問到職業時，我更多時候自稱「文字工作者」，對於「詩人」或「作家」能否成為我的職稱抱持懷疑，尤其當純憑寫作的收入無法支持自己生活時。如今，文字工作者這個名號也看似岌岌可危。

5

時代的流轉，AI 技術日新月異的成長，傾刻間能夠創造的文字內容實在太龐大了，說不怕被取代，那都是不懂的人。對於下半生的恐懼也源自於勞動的價值日漸動搖，更別說要追求更好生活條件，我已經躺平。除了商業勞作，我也曾嘗試過指示 ChatGPT 寫詩，雖然距離心中的詩意還很遙遠，但任誰也說不定縮短差距的時間還剩多少，再者對一般人來說，或許這樣的詩已足夠好。

科技的發展，典範轉移也展現在另一件事上。我曾幸運搭上新詩社群紅利的列車，躋身人氣作家行列（這不是我老王賣瓜，網路溫度計調查的），而現時，我明顯感到閱讀新詩的風氣又漸漸消逝了，遑論PTT上詩版的文章、回覆的推文數量大不如前，甚有不少知名詩人已棄守停更社群。

當然，詩藝若憑過氣與否來看待未免媚俗，我真正想談的是閱聽形式的變遷。我也會看短影音，它就像個無止境的瀑布一樣，不斷的沖刷灌頂、提供刺激，然而在這之中幾乎接收不到歡樂與求知之外的情緒。畢竟短影音不是侯孝賢，沒有那麼長的鏡頭、慢的前奏讓人鋪陳悲傷，也無法安放。

另一個缺陷則是平台不斷製造趨勢，每個人幾乎都可以做出相同的主題，創作者的個體卻也變得不再重要，畢竟有那麼多的選擇，一滑就過，沒有任何理由去在乎他們的人生背景、他們的名字。更因為看的內容太多，那些人僅僅像是觸發你情感的「其中一個齒輪」。

閱聽眾接收內容的習慣已經改變，近期出現以文字內容見長的 Threads 也一樣，流量紅利都在平台。可能記得某篇爆紅文章，但很難記得作者是誰。之前網路海巡時看到人說，某某的作品他會讀，然而只會在網上看。那位作家的追蹤人數大概八萬，不知道同樣只看不買的人占幾成？

之前去錄 Podcast 節目，被問到現在短影音當道，會想要嘗試朗誦自己的作品之類的嗎？想起我為什麼說「不」的其中一個理由——我要這些流量沒有意義，只是把自己創作變得更廉價而已。

不是貴古賤今，只是感慨時代不同，文字式微。短短幾年，我不只是寫作量銳減，連在社群上發的廢文也愈來愈少，分享欲被限時動態取代了。

6

如果你讀到這段，基本上代表買了書，謝謝你也同樣相信文字有價。

以上種種皆是我質疑自己「為什麼還要寫」的理由，同樣也是這整本詩集的核心概念——滿紙荒唐言，字字句句都是為何不寫與不讀。

每當提到閱讀，便會有不少人回擊：「吸收故事或知識的方法又不是只能看書，時代變了，看影音、看社群網站，反而可以接收到更即時、更入世的資訊。」說得沒錯，但我有種感覺，網路用久了，雖然可以學到很新鮮的語言材料，用字遣詞的同質性卻變高了，詞彙量也相對變少。

那幾乎是種應激反應，舉例來說：被戳中傷心處，就想到破防；喜歡到無法自拔，就想到暈船，彷彿是一套腳本，不同人輪流拍攝。當語言文本模組樣板化了之後，趣味性也隨之消失殆盡。

因此，在這本詩集裡，我力圖破壞過去用字遣詞的慣性，去尋找平時鮮少運用的敘事手法，或是生冷僻字，這也是我對抗AI大數據演算的解方之一。

過去寫詩，我喜歡層層鋪陳，只為了堆疊力道，直到結尾的

Punchline 爆發，好處是名言金句深具記憶點，容易擴散，壞處是曾經被誤認是語錄作家，人們往往只節錄了那最後一段，忽視詩的全貌。所以，這本詩集將一改前習，不僅增加了語言的複雜度，全詩的結構也不再為了結尾服務，希望能透過如此避免碎片化、去脈絡的解讀。即便可能力有未逮，不過若是能讓誰思考意義，而把注意力多留在某一行或某個字，那也達成任務。

我也深知，小情小愛的主題是我過往大受歡迎的原因，對於依然期待讀到《自討苦吃的人》、《瘦骨嶙峋的愛》那般內容的人，可能要令你失望了，這本書情詩很少，用到「愛」這個字更是屈指可數。老實說這幾年我哪有這麼多戀可失，是生無可戀，無計可施，不想單純為了市場而虛構自己的深情形象，如同〈假如詩人欺騙了你〉這首詩提及：如果我沒有寫出你喜歡的句子，我很抱歉，但我選擇寫自己想寫。

7

我已經沒有什麼要補充，單純只是寫到數字幸運七比較順心，像極了這本詩集的書名——滿是空無一物。

目錄

輯二 〖 empt 〗

輯三 〖 emt 〗

輯四 〖mt〗

輯五 〖 〗

輯一

〖 empty 〗

我想遇見真愛，和他共度一生，養一堆狗狗貓貓，或許不生小孩，住在很大的房子，可以自己決定裝潢布置，擁有一輛狀況優良的經典老車，有個不用擔心工作的浪漫長假，環遊世界，每天都有美味的食物吃，始終維持理想體態，好友時常互相聯繫，每個週末喝點小酒，每年都能過著不平凡的生日，與父母維持良好關係，從頭開始為他們準備一頓豐盛晚餐，我想專注某個重要議題，可以有一份心力回饋社會，做好環保永續，喜歡上吃素，有用到擅長的技能在工作上，我想寫一本很特別的小說，並且被改編成影視作品，身體健康，沒有什麼病痛，也沒有災難發生，克服所有的焦慮和恐懼，日子過得充實，還可以抽出一天不做什麼，躺著看雲，擁有高人氣的Podcast節目，聽眾願意每一集都聽我說話，我想拍出獨一無二的照片，被邀請開一個攝影展，很多人來看，看完百年百大電影，一輩子都記得喜歡的台詞，不再依賴社群媒體，能夠好好表達真實感受，擁有一個大家都聽過而且正面評價的名字，但走在外頭不會被人認出來，可以自由自在的大笑或者大哭，一直愛著一個人，每天仍然會為他心動，我想設定一些很難的目標，像是百岳、跳傘或徒步環島，成為下一代的典範，睡得很好，笑著醒來，每一天開始都感到期待，每一天過完都覺得值得……。

滿是空無一物

我終於知道了
這條路是走不到最後的
或者停下的時候
才是盡頭

獨自一人
在危脆的甬道上奔波
四周是荒蕪的夜色
以為咫尺有光
不如說更像一支胡蘿蔔
綁在身上置於眼前
於是我的憂傷
馬不停蹄

想起自己也曾經是火
照亮他者的同時也
消失一些自己
事到如今只剩餘燼
連憤怒的誓言
最終都化為烏有

於是我開始學習
沒有必要的
就應該保持沉默
沒有真正擁有過
也就沒有什麼能失去了

為了逃離痛苦
所以追逐快樂
後來連快樂都變成
繁重的包袱

我終於知道了

行囊裡一直裝著

滿滿的都是空無一物

迎向終焉的少女

妳出發之時無風無雨，走的路途
亦沒有歡呼，沿徑傳來噪聲
質疑妳的動機，質疑—— 人不能
說走就走。我知道那
絕非真理

從地獄通往天堂
需要多少時間？
久居戰火之地的人
也會有鄉愁嗎？
穿過沙漠的背面
是否就是海洋？
妳啟程在很早很遠以前
只是到了盡頭才告別。

世界緩慢而暴烈
癲狂般守序
有人愛得骯髒
有人骯髒而不被愛
留下來的見自己日益腐朽
妳半生出走
少女永世少女

像祕密終是祕密，像猜忌
惹來更多猜忌，有人嚮往
有人配菜下酒
有人帶著花和寶藏
回到一如記憶的濫觴
走來那麼不卑不亢

散步過台北的夜晚

她活在夜的操場
沒有花香，有的僅是
菸草氤氳著她的秀髮
在霧裡唱歌
酒釀成了兩行河
我不介意她這個樣子

她搖搖晃晃，像流入大海
還好嗎？我問
她舉起破的杯子
再摔得破破爛爛
說這裡開始無聊了
要不，我們離開吧？

午夜幽靈模糊浪蕩
萬物生滅得緩慢
她掀開手臂
如一把衡量痛苦刻度的尺
她說有些人光是存在
都像他者眼中的髒字

可我也不是什麼好東西
只是今天比昨天更擅長活下去
任誰都不得不漂泊在這座城市
即使生於斯長於斯
也有如找不到鄉愁的流浪

我們今晚不做夢，好嗎？
沒有人知道堅強是不是
醒來的必需品，或許
有一天終將遺忘

天亮時沒有陽光
疲累厚重的雲層更適合
在心跳的隱喻裡
我們偷偷聊起希望

她一事無成
她也與世無爭

厭夏

在冷寂之中我們相擁昏睡
再醒來已是春天的尾巴
搖曳的蒸氣爬上戀人的眼
像雲遇見另一朵雲後驟然雨下
我竟開始不安於日後漫長的夏天

做愛後動物感傷

" Post coitum omne animal triste est " *

——亞里斯多德（Aristotélēs）

後來我們什麼也沒說

像平靜的海

將肉體埋入暗流

欲望褪去感官，顏色混濁

在歡愉與罪惡感的邊緣

我們垂釣空虛

---

* 此句拉丁文，譯作「所有動物在性行為後皆會感到悲傷」。

所有語言在眼前展開
不斷誕生，也不斷
握有死去的理由
漫長的平行線，試著
讓音樂流動
覆蓋逐漸稀薄的眼神
比海更深邃的
黑暗之心

哀傷不由分說
漸漸學會了
沉默是保護自己的殼
藏匿起易碎的芯
而謊言是柔軟的刺
有時要試著違背本性
赤裸本身
反而傷人

我知道任何詰問

都是危險的，例如不愛

那麼是恨？我是空蕩的廢墟

反映出一切回聲

但裡面沒有你

也沒有我

我們做夢，然而清醒

是荒涼且平靜的海

有落單的鯨

唱著寂靜的歌

邏輯死亡

關於影，是虛無的

那是光的不在場證明

關於虛無

是存在的，那是愛

透過信仰的形式缺席

關於信仰，是存在

與虛無的疊加態

死亡之前任誰也無法

邏輯推論出正確答案

關於邏輯死亡，上帝說有光

我就誤解了愛

厄洛斯

「愛情是私生活中的神祇，是宗教消失後的宗教，是所有信仰盡頭的終極信仰。」
——《愛情的正常性混亂》（*Das Ganz Normale Chaos der Liebe*）

一再推遲終末的期限
在軟弱的意志裡杜撰
那些救贖的愛
是我餘生唯一的繾綣

仿若指南

讓某段回憶跟著我

旅行，流過寂寥

流經一些順從

平凡的蒼老

只是重複試錯

經常被誤解為徒勞

然而意義無法逾恆

——倘若我欲通過意圖

抵達另一意圖

必然僅是構築痛苦

我不否認

在這題目的虛無

攫回了我所有勤奮

但萬一有神心軟

其所到之處

愛便就此延展

我的一生

坐困愁城

明日的天氣你是知道的
後天也將重複，再往後
似乎都能預測
你像透澈了潮溼的記憶
如此自己就能變成河
讓大雨成為身體的一部分

為了生存，於是虛構
所有不得不出門的理由
你每日禱念，告訴自己
時間到了會過去的
而落下的每一滴雨
都如針一般
將你和人群刺穿
再粗糙的縫合
成一片集體的海

又在同一個地方等
你知道自己怎能期待
搭乘相同的列車
可以抵達不同的終站
於是年歲的指針
在不斷追趕，窗外景色
都成虛幻

你已記不得
上一次發自內心的
快樂，被物質填滿
故事卻又缺乏細節
經歷無數落單
直到麻木成為習慣
彷彿人生從未有計畫可言
遠方不過是重複
相同的劇本
什麼都沒有改變
除了距離虛無
更靠近一點

談話

親愛的R，或許曾經你被一些抒情填滿，在我的詩裡探觸到自己的陰影，你感覺深邃的語言裡，寫盡了當下幽微的處境。日子一長，你總以為自己未曾離開，卻也如我困在這孤島，而你不再造訪。

你有無盡的選項，但只有一顆心。當那麼多相似的複製品，擠占你的情感，無償且唾手可得，原創的個體也就漸漸消散。你沒有任何理由值得在乎他們的生、他們的名，彷若我也僅是製造娛樂的其中一枚齒輪。

再過去便進退維谷了，我擁有的僅是茫茫的海。餘暉緩緩散開，日子轉暗，漫天星星超載你，而我將再也無法觸及。

我害怕除了愛，
與不愛，我們遂無話可談。

輯二

〖 empt 〗

我想遇見真愛，和他共度一生，養一堆狗狗貓貓，或許不生小孩，[redacted]可以自己決定裝潢布置，擁有一輛狀況優良的經典老車，有個[redacted]長假，[redacted]，每天都有美味的食物吃，[redacted]每個週末喝點小酒，每年都能過著不平凡的生日，與父母維持良好關係，[redacted]我想專注某個重要議題，可以有一份心力回饋社會，[redacted]有用到擅長的技能在工作上，我想寫一本很特別的小說，[redacted]身體健康，沒有什麼病痛，[redacted]日子過得充實，還可以抽出一天不做什麼，躺著看雲，[redacted]有[redacted]人[redacted]願意[redacted]聽我說話，我想拍[redacted]照[redacted]，被[redacted]很多人[redacted]看，看完百年百大電影，[redacted]記得喜歡的台詞，[redacted]能夠好好表達真實感受，[redacted]但走在外頭不會被人認出來，可以[redacted]大笑或者大哭，一直愛著一個人，每天仍然會為他心動，我想設定一些很難的目標，像是[redacted]睡得很好，笑著醒來[redacted]。

假如詩人欺騙了你[*]

李豪的詩讓你思考意義，但他並非要拯救你。

潘柏霖的詩讓你喜歡自己[†]，但他並非要拯救你。

陳繁齊的詩讓你對脆弱練習[‡] ，但他並非要拯救你。

徐珮芬的詩讓你在黑洞看見自己的眼睛[§] ，但她並非

並非為了要拯救你。[⚓]

---

* 改作自普希金（Aleksandr Sergeyevich Pushkin）的詩集名《假如生活欺騙了你》。

† 改作自潘柏霖的詩集名《我喜歡我自己》。

‡ 改作自陳繁齊的詩集名《脆弱練習》。

§ 引用自徐珮芬的詩集名《在黑洞看見自己的眼睛》。

⚓ 整段改作自肯卓克．拉瑪（Kendrick Lamar）的歌曲〈Savior〉第一段歌詞概念。

當有人問我公理和正義的問題[*]，寫在一則沒頭
沒尾的私訊，語焉不詳，略帶挑釁，他說：
「你以前某些詩還不錯，有寫中我，只是怎麼後來
作品太政治化，又寫不出真正的傷心」（此時我看了窗外
的天氣，陰鬱晦暗，東北季風攜來霧霾）我不知道
原來，我的憂傷需要人提醒[†]？
試想他杜撰的詩人必須痛必須病，流水線般
生產虛構的情感，並符合標準化人物設定，但愛
如此真實，我不能被你所愛，這個國家仍然
令我分心[‡]

---

* 引用自楊牧的同名詩作〈有人問我公理和正義的問題〉。
† 改作自鯨向海的詩作〈我的快樂需要人提醒〉。
‡ 改作自羅毓嘉的詩作〈漂鳥〉：「我不能愛你了／這個國家令我分心」。

當有人責備我們不夠深入[*]，寫在他者分享詩作

的留言處，可能僅瞥過網上流傳的幾首，他說：

這也算詩？（顯然關於這麼重要的

一個問題。他自認是善於思維的，文字也簡潔有力）[†]

到底寫什麼才算詩？我想起鴻鴻的〈阿茲海默禱詞〉

——總是說完抱歉，才發現該說的是幹

自由的時代，每個人都可以發表意見，但沒有人

知道自己的意見並不重要，就像黑夜

給了我黑色的眼睛，我卻只想翻白眼[‡]

---

* 引用自夏宇的同名詩作〈有人責備我們不夠深入〉。

† 改作自楊牧的詩作〈有人問我公理和正義的問題〉：「關於這麼重要的／一個問題。他是善於思維的，／文字也簡潔有力」。

‡ 改作自顧城的詩作〈一代人〉：「黑夜給了我黑色的眼睛／我卻用它尋找光明」。

當有人說詩人要是詩人，而詩

要有詩的樣子

說我變了，我確實也變得

不能想太遠的事情 *

有太多瑣碎的現實

必須面對，一人兩貓三餐四季

每本書售價三百多元，我只有拿百分之十

如果我沒有寫出你喜歡的句子

我很抱歉，但我選擇寫自己想寫

---

* 改作自宋尚緯的同名詩作〈我變得不能想太遠的事情〉。

終究我寫詩從不為了拯救誰
將寄託投射於崇拜之人是危險的
我看過英雄尚未死去就活得像個惡棍 *
也見過自溺之人將自己溺死

假如詩人欺騙了你
請記得詩本身不是騙子

---

* 改作自電影《黑暗騎士》（*The Dark Knight*）台詞：「你不是像個英雄死去，就是活得夠久看自己變成壞人」。

作者已死

突然憶起多年以前
深愛的一首詩
忘了詩人是誰
卻在他的詩裡似曾相識

記憶之海打撈斷簡殘篇
憑藉依稀可見的幾行字
瘋狂搜索自己的影子
就像一個無神論者
跑去鬧鬼的房間
玩起筆仙

比較傾向於娛樂
或是因為無價
所以更趨近免費
從未想過占有任何
唾手可得
於是以為永不消失

終於抓住線索一條
往下一扯
還沒見到詩的原貌
才知道
作者已死

應許之地

就是這裡了嗎？
曾心心念念的應許之地
是越過多少海洋
穿過多少山林
才終於抵達這裡。

彼時我驚懼的浪
在霧中的迷惘
回頭望，感覺
一種遷徙，在記憶
深處被意義性所淩遲
我不知那人是誰

浮濫的意志

將我不斷消滅

又不斷分裂增殖

使得每一場夢殊途

再同歸

再於盡

再熄滅

終究是幾經旋轉

來到這裡——永不迷亂的這裡

應允的奶與糖蜜

如果沒有，我可是會

被過往的苦難

整整一生糾纏不放

不然接下來

我還能去哪？

單人套房

在浴室裡哭泣
眼淚是流給誰看見？
決定關上燈後洗手
連我也不想收進眼底
自己的臉
和汗水一起沖走。

午夜有沒有降臨？
甚至一扇窗都無法擁有
空曠的生命
每一秒鐘都在計費
我來不及慢慢的活
已經不是所有的答案
都對得上問題。

床像一副棺材

只是裡頭的人沒有睡意

冥冥之中，心裡有鬼

空蕩的房間回聲呢喃

如果就此腐爛

會不會給人徒增麻煩？

留一盞燈說服自己回來

當我離開

才知道室外已是黎明

陽光此刻顯得如此多餘。

人的形狀

將未竟的睡眠
留在房間，上鎖
等待垂老時贖回
每日，買一杯咖啡
替腦袋的零件上油
相信會先苦後甜
然後養成例行公事

像貨品排成一列
在電梯前倒數計時
集體的睏倦，無聲摁進
一個封閉的箱子
做著向上的夢

取一個英文名字

如同設計一個角色扮演自己

擁有一組專屬的分機數字

像囚犯，不需要個性

在這條件反射的系統

成為一部分標籤

標準化作業，用模具生產

扁平的靈光

感覺生命時時被機械

所壓製，不斷

複製昨天，貼上今天

複製前月，貼上本月

複製去年，貼上現年

如此重複循環

我們必須定期定量
種下一些期待
在這無法遁逃的循環
才能夠不陷於崩垮

職責待續未完，暫且卸下
每個週五，不加班
在我們約定的夜晚
以一杯琥珀色的佳釀
找回人的形狀

一無所有

「說什麼傻話？星矢！

你才不是一無所有，你不是還有生命嗎？」

——《聖闘士星矢》單行本Vol.28，雅典娜對星矢說

深夜加班時

常常想起這段話

除了生命

我一無所有

這樣也好
直到小宇宙爆炸

也無人知曉
也沒有誰會跟著陪葬

醜奴兒

每日終了儼然你僅剩餘一些
欲睡未決，在意志末端
想像城市的尖叫都在
肉體裡蜿蜒

你即將走至理性的邊緣
夢境忖度欲望的指南，留下導引
「別忘了把昨日的屍體藏在衣櫃
換上新的皮囊出外」

你逐漸變得柔軟，恍惚之間
像一個老朽之人在穿著你
勞動者彎曲身子
臣服於世界的傾斜

直到終了每日
你又僅僅剩餘一些
明明是死
卻令人感到安慰

骨牌

倒下的昨日
壓塌今日

我知道
明日的傾斜
只是遲早

失重的每一次
疊加了落地的力道
往復是節節敗退
明日推倒明日
我仍要繼續下墜

直到終點
屹立不搖
是我的碑石

落果

天就要亮了
夢是遠方的星辰
——在城市裡看不見
我已默禱多時
彷彿赤紅的雲層
也覆蓋著我的睡眠

在黑暗裡擱淺
靜靜的計算生命流逝
沒有意義的躺著
知道自己離理想的現實
愈來愈遠，像一顆
熟透的果實
失重下沉
只為了等待腐爛的時刻

我無法不回想
錯過的那些選擇
雨開始下了
浸潤我的歷史
脈絡變得難以辨認
彷彿我一再重複同樣
的事件，例如革命
卻缺乏建設

知道我應該仿效他人
——勞動、儲蓄、準時就寢
將自己的生命妥善規劃
用三十年交換一張
不會離開自己的床
我應該知道如今的人生
看來也沒有比較快樂

我都知道，只是我

已經沒有機會了

可能我真的是一顆落地的果

螻蟻爬上我的身

時間醱酵我的芯

沒有誰及時接住我

或者至少對我說

天就要亮了

明日是否依然值得

35

大多是迂迴

有時仍舊回到原點

以無數黑夜

豪賭一個光明之日

曾以為終站近在咫尺

轉眼又虛擲了數年

死線不斷推遲

抵達之前都是消遣

煩瑣催促於空心的物質
徒有勞倦
逐漸稀薄的火焰
依然燒燙了嘴
不知何時開始
未再誇耀於宇宙
或是礫沙

而我終究是對生活
拙劣的模仿
猶如枯燥的交談間
離不開幾行字——

夢和現實的落差

愛和理想的掙扎

人和社會的摩擦

困頓之時

總是憂於匱乏

然而百無聊賴的日子

還有什麼剩下

輯三

〖 emt 〗

我想遇[redacted]真愛，[redacted]養[redacted]貓，[redacted]生小孩，[redacted]擁有一輛[redacted]老車，[redacted]，每天都有[redacted]食物吃，[redacted]每個週末喝點小酒，每年[redacted]過著[redacted]平凡的生日，與父母維持[redacted]關係，[redacted]有一份心力回饋社會，[redacted]有用到擅長的技能在工作上，我想[redacted]身體健康，沒有什麼病痛，[redacted]日子過得充實，還可以[redacted]躺著[redacted]，我想[redacted]被[redacted]很多人[redacted]記得[redacted]，[redacted]能夠好好[redacted]感受，[redacted]可以[redacted]大哭，[redacted]愛著一個人，[redacted]為他心動，我想[redacted]睡得很好，笑著醒來[redacted]……。

鬥陣俱樂部

「你的工作不是你；你的銀行存款不是你；你開的車不是你；你錢包裡的東西不是你；你該死的卡其褲也不是你。你並不特別，你只是群眾演員的其中之一。」

——《鬥陣俱樂部》（*Fight Club*）泰勒．德頓說

是的，這確實是個

上帝已死的時代

我們一輩人

注定被歷史遺忘

徒有使命感

模稜兩可的道德

面容模糊

且莫可名狀

意義的堡壘終將崩塌

工作倫理馴化

我們，正在加速

篤信勞動是有價值的

不信者，亦能換來自由的價格

於是我們拜物

很難提出

任一種生命經驗

尚無人造訪

所有值得冒險的地方

皆能以付費觀賞取代體驗

我們擁有太多意圖

使之必然遁入一種安全

戰爭、疫病和氣候風險
皆曾經過，我們麻木
沒有地位，沒有目標
我們的革命沒有硝煙
最大的恐慌是無聊
末日的預言是活到老
做到老

我出身卑微
沒有背景，但也
渴望見識崩毀的夢
讓我像演一部電影
正派是我，反派也是我
讓我釋放身體裡的鬼
最後再和他相認
成為我們

但第一條規則

——不能談論

我們是誰

猜火車

「選擇一支由跳樓的女人在中國製造的 iPhone，然後放在從東南亞血汗工廠生產的外套口袋。選擇臉書、推特、IG 等一千種和陌生人發洩憤怒的方法；選擇更新你的近況，告訴全世界你早餐吃了什麼，然後希望有人會在乎這些事；選擇追蹤舊愛，拚命相信自己看起來沒有他們過得糟；選擇即時動態，從出生到死亡，讓人際關係只剩下數位內容……選擇反對人工流產，選擇性侵笑話、蕩婦羞辱、色情報復以及無止境又令人鬱悶的厭女情結……

「選擇接受約聘制工作，還通勤兩小時去上班……然後你坐下來，用劑量不明的藥物抑制痛苦。你選擇無法兌現的承諾，並希望自己可以有不同的選擇；選擇永遠不從錯誤中學習；選擇讓歷史重演；選擇逐漸認命，並接受貧窮……選擇失望，選擇失去你愛的人，讓自己的一部分和他們同歸於盡，直到你變得一無所有。」

——《猜火車2》（*T2: Trainspotting*）馬克對維若妮卡說

選擇清貧，選擇躺平
選擇領著低薪
但我無法選擇富裕

選擇一生獨身
選擇和某人結婚或離婚
選擇生育還是領養子女
但我不能選擇原生家庭

選擇活著，選擇死裡求生
選擇想死，不如說是
我沒有比死更好的選擇

選擇是種自由意志
但前提必須建立在我
什麼都能選擇

選擇生活，甚至不選
也是一種選擇，直到某種
生活選擇我，直到我
終究不被生活所選了

牯嶺街少年殺人事件

「只是為了一份安定的工作，為了下一代的一個安定成長環境。然而，在這下一代成長的過程裡，卻發現父母正生活在對前途的未知與惶恐之中，這些少年，在這種不安的氣氛裡，往往以組織幫派，來壯大自己幼小薄弱的生存意志。」
——《牯嶺街少年殺人事件》片頭字卡

編了好長的故事

始終照不亮

暗夜裡的一代人

巨大的謊話，像列車
駛離地表，可是時日
已經不允許回家

語言作為一種標識
如廢墟般建構起
漫長的等

幼獸遂被不安困住一生
在集體的空虛裡編織
一張相反的網

和平與戰爭；
自由與專制；
熾熱與冷冽；

貧瘠的現實

被榜單的名字洗褪

「道德

式微……」

男人以權力和理論

賡續校纂著歷史

稀薄的夏日、壓抑的搖滾樂

這個世界是不會變的

阿飛正傳

「我聽別人說，這世界上有一種鳥是沒有腳的，它只能夠一直的飛呀飛呀，飛累了就在風裡面睡覺。這種鳥一輩子只能下地一次，那一次就是它死亡的時候。」

——《阿飛正傳》旭仔說

沒有理想的國

沒有等誰虛掩的門

尋自己的根

越過寂寞沙洲

亦總是我冷

沒有沒有缺憾的生活

讓腳跟緊挨，彼此

取暖，相互支持

身上的重擔，使人們踏實

然而仍是孤獨如我

夜空低掠，沒有放不下的風

在過站不停的夢

曾是誰的驚鴻一瞥

未竟的航線

原是自始即隕落

有人凝望

而我不回頭

離地一生很深很遠

已經不知自己有何追求

草

後來你的夢愈做愈小

與你的睡眠品質

其實是同一件事

每天早晨被鏡子照得蒼老

彷彿自記憶裡剪下了父母的影子

想起他們在如你同年之時

已經運行在安身立命的軌道

而你有的僅是徒勞

你要下車時
又被人潮擠回車廂
以為自己是一株軟弱的草
想起昨夜睡前數羊
卻在夢裡把你吃掉
像過往的理想
正被一口一口地齧咬
你形容枯槁
破破爛爛的徒長

於是你說的話愈來愈少
不隨意承諾也就不再令人失望
依然不習慣說謊
每次開口都被多慮所乾燥
如同從小總被警告
被否定、不要亂說話
你感覺說了與不說都是一樣

你抵達公司，抵達

這個自願進入的囚牢

更加確信自己是一株軟弱的草

被風決定方向

你想起父母的期望

以為自己也會成一個家

立一個業，但你不再做夢

和你不敢開口的承諾

都成為任人踐踏的模樣

蠟燭

火柴太傻了

只能燃燒一次*

不像蠟燭

每次點亮了誰

也只會默默流自己的淚

---

* 引用自顧城的詩作〈打火機〉：「火柴太傻了，／只能燃燒一次。」

達爾文

「我希望你成為最好版本的自己。」
「萬一這就是最好的我了呢？」
——《淑女鳥》（*Lady Bird*）瑪莉安對淑女鳥說

我孝順父母

努力念書

放棄戀愛

聽爸媽的話都選理組

從學校到補習班

十二個年頭可不可以贏來

更好的未來？

時常自覺不足

沒車沒房

孑然一身

聽老闆的話都在加班

從早到晚

十二個鐘頭能不能夠偷得

剩下的浮生？

欲求財富自由

得先用生活的自由來換

想要擁有更多選擇

卻只能選擇這種人生

用盡力氣燃燒

四周依然黑暗

我試著在終日時結算

發覺自己所需甚少

食物、空氣、水

便足以生存

可是我們什麼都有了

活著還是什麼都要爭

沒有進化成更好的人

不過都是災難下的

倖存者

矛盾

我們開始習慣
白天吞維他命
為了醒來
夜裡吞更多藥錠
為了入睡

週間喝咖啡
為了保持理智
週末喝酒
為了逃避現實
我們變得麻痺

藥睡著了，夢整夜清醒
咖啡因恍惚之間，錯認了命
非要喝得微醺，才敢面對
吐出最真實的肺腑之言

空間利用

喜歡輪流
站在家裡的
每個角落
每寸面積都是
每個月用
生命和勞力
換來的

就像買了甜點
連屑屑
都要舔個精光

在這以月計費的空間
若有一處未曾造訪
實在過於浪費

葬禮

濃妝豔抹
從頭到腳都厭倦
是什麼偽裝了自己

能言善辯
遮掩內心的恐懼
為了被愛
不斷揮舞著貪婪與欲
留下的除了黑暗
什麼也沒有

那人最後
發現了自己的葬禮
他走了進去
哭著出來

作為一種隱喻

以為生活是水
被容器決定形體
有人看見，慶幸
你還有剩餘
有人嫌棄
已少了半杯
但你全都否定
認為問題自始至終
都是杯具
於是打破它成為
你的光榮使命

怎麼可以

沒有杯

你就沒有根

你就等著被蒸

你敢打破

即有另個杯在等

有張狂在這揮舞

你默不作聲

不與愚人爭論

耐著性子聽他堅稱

二加二等於五

也是對的

冷峭的意志漸成

堅定的責任

以為生活是水

亦能凝結成冰

形體便不再任憑

宰割，關於那些

喑啞盲目的唱衰

告訴他們

別靠杯

輯四

〚 mt 〛

我想[redacted]每天[redacted]喝[redacted]酒，[redacted]過著平凡的生日，[redacted]有一份[redacted]有用[redacted]的[redacted]工作，[redacted]日子過得[redacted]還可以[redacted]，

我想[redacted]被[redacted]人[redacted]記得[redacted]，[redacted]可以[redacted]愛著一個人，[redacted]睡得[redacted]著[redacted]。

他想要被愛。

One like is one like，他以為一個讚即是一個愛。他開始模仿，為了像那些人一樣，能夠享有那麼多喜歡。他漸漸只展示著那些獲得最多愛的模樣，卻也因此被那些人輕蔑。

他想要被讚，隱惡揚善，已不足以成為他人的信仰，他開始虛構自己的神話，需要變得完美。終於，那麼多雙眼睛在看，他不能失敗，否則那些愛將一點一滴消散。

為了滿足凝視的期待，他必須處處自我審查，裁剪所有醜陋的可能；他需要時時回應呼喊，演出一個自己也不愛的角色。忽然，神的一時興起，高漲的流量，淹沒了他整個人，他也就漸漸相信，螢幕裡的真實是自己。

戴上魔戒的那一刻，他已經捨不得卸下。直到有天他突然發現，其他人也用著相同討愛的方式。他開始輕蔑他們。「我不懂為什麼那些人這樣可以被喜歡，像我……」他不斷暗示自己和他們不一樣，僅差沒有直接宣告：「選我吧！」他從未意識到，那些人其實也是當初的自己。

他已經走得太遠，遺忘了最一開始他想要的，
只是被愛。

她

解放生活在大眾領域的女人
永不置身一個時間和地點
性感符號外，消費文化的代言
隨手可見是她的櫥窗
一個平面，敘事在其中重新構建
經濟、政治和情色這種複雜聯繫
濃縮成一個單一的形象

根植於專制時代的思想
——女人不該聰明
人們難以覺察
作為一名出類拔萃
女性的智慧

從未有人能激起
如此廣泛的情感——從情欲到憐憫
從羨慕到忿恨。她輸出的魅力
無階級。她標誌了流行文化

她穿著一台收音機
勞動的身體是虛幻的
如一種函數——文化類型
可以被複製、轉化，翻譯
成為新的語言
往復再被他人演繹

危險的年代瀕於崩潰
永恆之變形者，一代人
甚至，每一個人
都將以自己的標準
再創造她 *

---

* 本詩由「https://w.wiki/pJA」再構、轉譯而來。

無

街道燈火
城市幽靈
在喧囂中
無聲漂泊

電車車廂
低頭人群
面無表情
眼神空洞

狹小房間
螢幕遙控
虛擬漂流
瞬息安慰

社群遊戲
消費刺激
劇情無休
彩色泡沫

指尖滑動
悸動如沙
自動導航
尋求遺忘

魔幻霓虹
暗夜狂歡
失序鏡像
錯覺投影

苦澀的蜜
煙霧似夢
情迷藤蔓
沉溺繞纏

空虛深淵
光芒黯淡
觸不可及
快感生滅

無盡追尋

無路逃避

無解的謎

無底的洞

癮

從癮中清醒
消蝕的夢依然撩撥意志
世界的索然無味
轉而向我侵噬
一些意義上的匱缺
開始混淆行動的身體
是想要觸碰又把手收回

是無以名狀的欲
彷彿絲絲細雨
盈滿我的下意識

如此嚙食
終於
淡忘之時
又恍惚在夢裡

迷航記

困在漫無邊際的網
我們漂流虛擬海洋
螢幕的像素光點
彷若星座
取代我們的心之所向

情感是具象的波紋
刻度無關時間
而是數字的增減
交流的語法被抽象
為二進位的計算
一次點擊
——成為愛或是悲傷

我們虛構自我的符碼
透過濾鏡遮掩所有不安
加密的演算
決定了自己是否存在
當真實的不幸近乎眼前
第一直覺
是打開鏡頭與世界共享

我們自拍自己的不堪
我們笑死卻神色漠然
我們被數據洪流推著向前
在他人的凝望下終於迷航

徜徉在虛擬社群如魚得水

一旦訊號斷開

一個人便無法自處

像失卻掌舵的渡船

在孤島擱淺

咆哮時代

否定是初始
表達是握劍
敏感是刺
情緒作主
尖銳相對尖銳
任何反動
都是異教的褻瀆

槍與玫瑰
已然先入為主
真實有百種真實
亦視若無睹
先開槍再畫上靶心
是無聲的潛意識

語言淪為斷頭的幽靈
被不斷延異
投胎再轉世
反替相歧立場背書

在咆哮時代升起野火
相互取暖，相互
傳遞，偽造的歷史

於是
自由成為恣遊
意志成為抑制
抱負成為報復
目的成為墓地

神機錯亂*

LV. 1

打開電視機

打開廣播收聽

打開各種串流媒體

打開自己

讓文明進去

---

* 為遊戲《電馭叛客》（*Cyberpunk*）系列中的術語，指過度義體改造、電子植入物造成人格不穩定的精神疾病。病發者將逐漸視自己為機械，壓縮自己人性的意識。

LV. 2

更新動態

更新個人檔案

更新所有社群網站

更新的時代

將昨日汰換

LV. 3

記得按讚

記得關注

記得上傳

記得若一棵樹

倒下時卻無人觀看

那麼樹不存在

LV. 4

收編網路

收編價值觀

收編言論自由

收編每個人腦波

連反叛都被商業邏輯

收編後預留空間，逆風

亦作為一種宣傳

LV. 99

靡音傳腦，精神汙染

對著空氣著魔

已讀亂回所有訊息

發一則爭議文案，置之不理

任憑所有通知在身體振動

閃爍刺激感官

軀殼卻萎靡渙散

心趨於敏感

在過於煽情的海

變得嗜血

變得好戰

標籤

整個時代忙著鑄造各種名詞
方便人們搶購屬於自己的位子

像是盲人摸象，讓耳歸耳
鼻歸鼻，尾歸為尾
將模稜兩可的語言
打印出真理的鑰匙
任何可疑的行為
都能成為佐證

心靈遂化簡為一張標籤
在歧義的路口就此誤認
被自證預言綁架一生

給叛逆者

你專注此生只願做一件事
異於他們多情的意志
搖晃眾生的心之所向
風在大地飆颺
結穗的麥子屹立不撼
常人在世界邊緣栽秧
而你安於平凡
在充滿英雄的時代

沒有原創的贗品

每個人都能重新活著
在黑鏡的最深層
為這無中生有的世界
鑄造了美好前程

當所有路線
都將變得透明
以為自己獨一無二
你是你，而我就是我
是無法同質化的星星

於是這裡的一切
混淆是去中心化的平等
終於在龐大的意識流裡
錯認心之所向的終點

當所有單薄削瘦的幽靈
都空投進入擁擠虛胖的殼
我是我，而你還是你
不過是成為宏觀眾數銀河
面容模糊的其中之一

我們以為自己什麼都有
卻什麼都成為泡沫

輯五

〖　　　　〗

我想[redacted]過著[redacted]

[redacted]有用[redacted]的[redacted]

[redacted]日子[redacted]，

[redacted]被[redacted]人[redacted]

[redacted]愛著[redacted]。

格勒果*

陽光如箭穿透，我
見濃霧褪去，我
知天地之大也不過，我
牽掛的一隅，縱使眾生
流言蜚語，我
是什麼？是我

* 為卡夫卡（Franz Kafka）小說《變形記》（*Die Verwandlung*）的主角譯名。

蜷縮在床，作繭自縛

世界的美好是眼底景物

我卻無法推開任一扇窗

或許是嫉妒

使我種下

生活的巫蠱

所有預期的路

你們都先出發吧

抱歉是我的痛苦

造成了你們的痛苦

從最初的奢想
蛻變為無用之物
如何才能求得原諒？
伸出觸手，僅能捉住
蟄伏於暗夜不祥的夢
依然恨自己沒有
任何珍物能夠為你留下

時間蠶食，我
任寂寞蛀蝕，我
活如蟻命倒不如，我
朝生暮死，儘管萬物
不可語冰，我
是撲火，是我

駱駝

行走在無垠荒漠
腳底的沙
是反覆的漏

自小至大
被迫裝滿行囊
空虛的思想
竟如此沉重

背負枷鎖
自由即是刑罰
鞭笞亦是報答
還有好遠的路要走

再怎麼說
都回不了頭
偶爾耽溺幻想
像我這樣的馱獸
是否也有血肉
能夠灌溉一座綠洲

後來有人看見駱駝
被一根稻草壓垮
他們不知道牠曾走過
每一個地方
都是案發現場

夢遊者

是第幾次輪迴又更接近真實
窩在哪裡？被以含糊其辭
包覆。昨夜明明漱流枕石
醒來卻排列整齊在流水線上

案牘勞形讀成勞贖
用勞務換回抵押的人質
沒有人知道如何不被綁架
儘管舉出了種種譬如
可離返家的時間已經愈拉愈長

又是第幾次輪迴，重複而重複
尋覓一個終極意義，好讓尋覓停止
穿過另一個人的身體並不疑有他
填滿是虛無，抽離亦是虛妄
或許有什麼晃眼即逝
一瞬之光，錯過我們恍惚
自願忍受，一切的一切周而復始

規律的跌宕起伏
終究也是一種穩定
自動導航，一如往常
誰能肯定清醒者此時
並非同在一個集體的夢裡遊行

輪迴

他死去的時候是星期一
一切如常只是，又一段休日
淪為虛度，來不及
寫下足夠滿意的遺書
匆匆穿過早晨，被同樣的路
在門口等候他加入，和他們一起
依序把身體送進打卡鐘裡
面孔模糊，黑色數字

他什麼也沒說，或想說什麼
又覺得多餘，在眾聲喧嘩的備忘錄
他剪下自我的聲音，貼上制式
的語言，將所有可能的危險
妥善審閱，他如此重複
而重複著，直至每一張恍惚的日子
填滿了空洞的符號與意義
並視為一種安全

他對生活的死寂，必然
表現出一種漠視與高傲
自眾多參照物的敘事裡，得到的答案
是意識自己的不足，方能有序前進
脆弱的欲望鋪成了過河的橋
到了彼岸，才驚覺沒有認得的路

他知道自己走得愈來愈慢
伴隨著別人的注視
緩緩步向蒼老
許多問題無法明說的
例如虛無，例如生死

一切如常只是
又一週工日，沒有結論
來不及成為更好的人
他在星期五的夜晚轉生

祝福

一支菸掉在地上
灰白的霧
燃燒了一生的精華

他從盒裡又掏出
一根相同的菸
和其他人一同惋惜失去

眾聲喧嘩
在被擰乾的下午
太多苦悶需要傾吐

致哀時間結束

沉默是最適合

告別的語言

送葬的隊伍

依序進屋

生靈的地獄*

閱讀空氣，瀰漫
在無形的劇場
虛妄的腳本，深深鐫刻
於我們的冰山之下
任誰走進相仿的舞台
便逕自表演起
僵化的角色
步調一致並渾然不覺

* 語出卡爾維諾（Italo Calvino）《看不見的城市》（*Le città invisibili*）：「生靈的地獄，不是一個即將來臨的地方；如果真有一個地獄，它已經在這兒存在了，那是我們每天生活其間的地獄，是我們聚在一起而形成的地獄……」

我們得小心翼翼
透過指縫觀察他人
好確認自我的正常
應該縮小，還是膨脹？

一直有一雙眼睛
在監視自己，指令——
「你該大笑；這裡你應當
哭泣；而你必須吐出一灘
美麗的詞語」

情感佚失自然，淪為
工具，演出的面具
像是遠方有難，我們必然
宣告惋惜；眼前是眾聲喝采
亦不可避免陷入狂喜

我們讚揚彼此作為規訓
應激性如同鎖鏈，一頭是
矯揉造作，另一頭是討好諂媚
共融的洪流於是長成流水線
媚俗是巨大的再塑工程
簡化繁蕪的理性
簡化煩瑣的反應
簡化複雜的人

生靈的地獄，彷彿鑲嵌著
一整套冷峻的秩序
無論表象如何熱切繽紛
強勢的意志身後
皆是無數個虛弱的小我

我們不談論真實

我們不談論真實，不談論
一顆橘子，該如何公平
分給每個人，不談論有人
擁有整座果園，他宣稱
「努力即是真理」

我們不談論真實，不談論
每一枚螺絲都有屬於
自己的位置，不談論有人
曾表示缺一不可，倒也
並非不可代替

我們不談論真實，不談論

有一粒麥子，在加班的夜晚

悄然落地，並結出許多籽粒來

不談論有人流淚撒種

而有人歡喜收割

我們不談論

真實，是不同人

擁有不同鏡子

有人看見的是

血、淚和汗

而有人看見的則是

真實也不談論我們

祝您旅途愉快

歡迎搭乘這班列車
容我提醒，入座後
您將再也看不見
外面的世界，車窗是
一扇扇電子螢幕，播放著
演算過濾的人造景色

列車將沿著鐵軌
一路往前，否則
我們會別無目的地
可以追求，旅程中
整座車廂請保持毫無雜聲
除了運行軌道時會聽見
「空洞、空洞」

親愛的乘客

請注意！一旦下車

便無法回頭

唯恐您從夢中清醒

權勢者不斷的建設

直到列車能奔赴所有心之所向

也致使整座王國變得

沒有任何值得一去的地方

我們建議您

在自己的位子上坐好坐穩

您想看見的一望無際

不過是一片荒蕪

最後，請容我

再稍稍說明

整趟路途，可能會經過

一些買不起車票的人

屆時若引起列車的顛簸

或是您行程上的耽誤

還請小聲抱怨

感謝您的諒解

祝您旅途愉快

躺

1

我放開了

躺成一灘爛泥

2

巨石自山腰滾落

一路充斥風聲

如整座時代的低吟：

「將力量獻給大地，將血肉

還給至親，將榮耀歸於神

你應當推石攻頂！」

喧嘩漸遠而我

保持緘默。

3

我欲登上巔峰

痛苦卻一路尾隨

終至達到

遂又落入虛空

日復一日

的徒勞，填滿我

生活的隙縫

往內窺視

裡面什麼也沒有

4

我記得許多

事物的果，卻不知濫觴

例如所有傳統，必然指向

恐懼與順服的進程

我已經走得太遠

忘了為何出發*

或許是巨石在推我

* 此句來自網路流傳，誤植為紀伯倫（Kahlil Gibran）詩句，真實作者不明。

5

我的苦難

在誰的凝視下

皆不值一哂

「凡不思進取，當有

天懲。流淚撒種

必歡呼收割」

萬物若無一可信

遠方便虛無縹緲

但神並不需要我們

是我們需要神

6

能不要的人

才是神。

7

我躺下來

如一尊臥佛

接近涅槃

不再執著

關於我看你們如何

你們如何看我

如是我聞

如釋重負

任塵歸塵

任土歸土

任我放下了

心中的大石

8

當我一無所有

遂一無所失*

當我被眾人無視

所有不堪的，所有

也無須再掩飾

* 引用自巴布．迪倫（Bob Dylan）的〈Like a Rolling Stone〉歌詞：「When you ain't got nothing, you got nothing to lose」。

9

我躺下了

放開自己成為頑石

等待時間磨滅我

粗礪的歷史

和萬物一同

呼吸，風化成

最細微的

靜謐的大地

沒有名字

同生共死

滿室遺物

將憂傷的凝視收起
將黑色隱匿於影
將繾綣留給夢境
將未竟構築的
歸還大地
有形的徒留塵埃
無形的空剩奧祕

滿是空無一物

作者——李豪

資深編輯——陳嫵守
封面繪圖——ONE.1O Society 簡士閎
美術設計——王瓊瑤
行銷企劃——舒意雯
出版一部總編輯暨總監——王明雪

發行人——王榮文
出版發行——遠流出版事業股份有限公司
地址——104005 台北市中山北路一段 11 號 13 樓
電話——(02)2571-0297
傳真——(02)2571-0197
郵撥——0189456-1
著作權顧問——蕭雄淋律師
2024 年 9 月 1 日 初版一刷

定價——新台幣 360 元
（缺頁或破損的書，請寄回更換）

ISBN —— 978-626-361-871-8

國家圖書館出版品預行編目 (CIP) 資料

滿是空無一物 / 李豪著 . -- 初版 . -- 臺北市 : 遠流出版事業股份有限公司 , 2024.09
面； 公分
ISBN 978-626-361-871-8(平裝)

863.51 113012161

YLib 遠流博識網
http://www.ylib.com
E-mail: ylib@ylib.com
遠流粉絲團
https://www.facebook.com/ylibfans